MEDAILLE

DU PERE

DE LA CHAIZE

JESUITE,

CONFESSEUR DU ROY

TRES-CHRETIEN;

A

DES REFLEXIONS.

A COLOGNE,

Chez PIERRE MARTEAU.
M. DC. XCVIII.

MEDAILLE

DU PERE

DE LA CHAIZE,

JESUITE,

CONFESSEUR DU ROY T. C.

Avec des Réflexions.

IL a paru depuis peu une Medaille frappée en l'honneur du R. P. de la Chaize, Jesuite, Confesseur du Roy Trés-Chrétien. Il y est si bien representé en son habit ordinaire ; & tous ses traits sont si ressemblans qu'on ne peut douter que ce ne soit véritablement luy. Ceux qui l'ont veu, n'auront pas de peine à l'y reconnoître: & ceux qui ne le connoissent pas, en peuvent être asseurez par cette legende qui est autour du Portrait : *R. P. de la Chaize à Confess. Reg. Chr.* Il y a dans l'exergue 1690. Le revers de cette Médaille fait voir la figure du Grand Pontife de l'ancienne Loy, comme il est aisé d'en juger par les habits, qui, comme

cou

tout le monde sçait , ne conviennent qu'à luy, selon les descriptions qu'on en trouve dans l'Ecriture Sainte & ailleurs. Il y tient de la main droite un Encensoir, & il y réleve de la gauche le rideau d'une tente ou pavillon , qui couvre un Autel où l'Arche est posée : & on lit autour cette inscription , *mihi Sancta patent.* Tout celà est si propre & si particulier au Grand Prêtre, qu'on ne le sçauroit entendre d'aucune autre personne. Parce qu'outre que ses habits le distinguent assez, le Sanctuaire est l'Arche d'alliance, & le Saint des Saints d'où personne ne pouvant approcher que le Grand Prêtre, lui seul avoit droit de dire : Le Sanctuaire m'est ouvert : *mihi Sancta patent.* Ainsi il est constant que cette Médaille est véritablement du P. de la Chaize : Sa figure , son nom , son habit , sa qualité nous en asseurent. Et si quelqu'un vouloit encore en douter, on l'en pourroit convaincre par le P. de la Chaize même qui l'a avouée dans un Livre qui luy a été dedié à Paris sous le titre de *Traité des pensions Roïales :* Et où l'on voit à la tête de l'Epître Dedicatoire ses Armes avec cette Médaille & son revers, de la maniere que je viens de la representer. Quoique ce Livre n'ait été imprimé qu'en 1695. l'estampe qui contient la Médaille porte ces paroles : *Offerebat Renatus Richard. an.* 1692. Ce qui fait juger qu'elle peut avoir servi encore à quelque autre Livre, comme quelques-uns l'assûrent : pour moy je n'ay vû que celuy-là.   Quoi

Quoi que le R. Pere ait choisi ce moïen pour éterniser son nom, & faire connoître à la posterité l'importance de son emploi, par une voie plus seure que tous les Livres qu'il auroit pû composer, & que l'histoire même; puis qu'encore que les Médailles en fassent une partie, il y a néanmoins cette difference, que la matiére en est plus durable, & qu'elles denotent toûjours un fait singulier, & une action illustre ou surprenante qu'on a pris soin de distinguer, afin qu'elle brillât davantage dans l'histoire de celuy qu'on veut honorer, & pour en conserver mieux la memoire : Il y a néanmoins en celle-cy quelque chose de si extraordinaire qu'on n'a pû la laisser passer sans y faire quelques réflexions sur les rapports qui se peuvent trouver entre le R. Pere & le Grand Pontife; & qui ne paroissent pas tout-à-fait justes & precis.

Il faut convenir dés le commencement que le R. Pere a choisi le Grand Pontife comme le plus propre à se mieux faire connoître, & à manifester son caractére & son emploi : en sorte qu'au sens de la Médaille le Pere Confesseur est le même que le Grand Prêtre, & que les prerogatives de l'un sont les mêmes que celles qu'on attribuë à l'autre. Voyons donc dans le détail

1. Si ce Pere soûtiendra bien toutes les convenances qu'il pretend, & s'il se trouvera parfaitement semblable au Grand Pontife.

2. Exa-

5. Examinons ſi ces paroles , *mihi Sanɛta parent* , les choſes Saintes me ſont découver-tes , ſont bien appliquées au P. Confeſſeur , & ſi on les doit regarder comme dites pour luy.

§. I.

L'on examine les pretendus rapports du Grand Sacrificateur avec le R. P. Confeſſeur.

QUoi que les habits ne tirent pas à conſe-quence en beaucoup d'occaſions ; il eſt pourtant vrai que quelques perſonnes ſont obli-gées dans certains emplois de ſe diſtinguer par des parures ſingulieres. Les Rois , par exemple, ſont habilez differemment dans leur lit de ju-ſtice , dans l'audiance des Ambaſſadeurs à la guerre , & dans les actions communes de leur vie ordinaire. Leurs principaux Officiers ſe di-ſtinguent de même dans leurs fonctions ; & les autres perſonnes juſqu'aux moindres , mar-quent par la difference de leur habillement , leur diſtinction ſelon l'action où ils ſont obli-gez de paroître. Le Grand Prêtre qu'on voit en cette Médaille , n'a ſon habit ſi ſingulier , ſi ſaint & ſi myſterieux que pour marquer la Majeſté de ſon Miniſtere , & afin que ſa digni-té fut reverée.

Mais nous ne trouvons point qu'il y ait eu juſqu'à preſent d'habit particulier pour le R. P. Conſ

Confesseur , ny aucune marque extérieure
pour le tirer du commun des autres Religieux
de sa Compagnie. On dira peut-être qu'il n'a
affecté aucuns habits particuliers pour marquer
son état, parce qu'il se sentoit assez distingué
par lui-même sans avoir besoin d'aucune marque exterieure pour annoncer sa dignité comme faisoient les habits du Grand Prêtre: *(a) Ut
audiatur sonitus quando ingreditur & egreditur
Sanctuarium in conspectu Domini.* Pourquoi donc
se comparer au Pontife ?

Qui dit Pontife , dit le Ministre des choses
saintes, *Princeps Sacrorum & Religionis* , comme remarque un ancien, Le R. Pere est-il
Chef, est-il Prince de nos Saints Mysteres &
de nôtre Religion? Le croit-il, ou veut-il nous
le faire croire ? Agit-il en cette qualité ? Tout
ce qui se traite en l'Eglise doit-il passer devant lui? Et les incidens qui surviennent tous les
jours sont-ils decidez par sa seule autorité? Enfin a-t-on jamais vû que pour avoir à ses pieds
dans le ministere de la penitence la Sacrée Personne de nos Rois , aucun Confesseur que lui ,
ait fait une telle comparaison, qui lui attribue-
roit , si elle étoit juste, le droit de se dire Prince de la Religion , de ses Mysteres , & de tout
ce qui compose l'excellence de l'Eglise ? Il est
le premier , qui ait porté si loin les fonctions
d'un Ministere , que tous les bons Prêtres
ne regardent qu'avec fraieur , pendant qu'il ne

A 4

le

(a) *Exod.* 28. *v.* 25.

ze considere que sous une Idée éclatante & fla-
teuse.

Le Grand Prêtre entroit une-fois l'an dans le
Sanctuaire comme chacun sçait : Et l'on ne s'é-
tendra point icy, à examiner comment & pourquoi cette regle avoit été établie, Mais quelque qu'en soit la raison, le R. Pere en fait-il
autant ? Et comment trouver de la convenance
en ce point, & le lui appliquer? En vain y cher-
cheroit-on un rapport.

Le second emploi du grand Pontife étoit
de consacrer les Prêtres & les Levites. Mais
nous ne sçaurions dire non plus que le P. Confesseur ait par lui même ce privilege. En effet il
n'entre nullement dans cette Sainte Ceremonie,
si ce n'est qu'on veuille faire passer la nomination des Evêques & de nos Abbez , pour une
espéce de consecration : Et que le Pere y ayant
autant de part qu'on sçait , il ne soit vrai de
dire en ce sens, qu'il fait des Evêques, des Abbez,
& d'autres personnes élevées aux Dignitez Ecclesiastiques, qui sont de Nomination Roiale. Car
la consecration des Ministres consistant par l'im-
position des mains & par l'onction qui donne
ce caractere & ce pouvoir, cela se fait dans l'E-
glise par ceux là seuls à qui les saints Canons en
donnent l'autorité. Mais dans le monde, dans l'in-
trigue , dans l'effet du credit & de la politique,
il faut demeurer d'accord que c'est , pour ainsi
dire , consacrer des Evêques & d'autres Benefices , que de les appuyer utilement , exclure

les

ſes uns , faire connoître les autres , les avancer ou reculer , ſelon qu'on les juge favorables à ſes intereſts & à ſon parti : En un mot faire tant qu'il n'y ait dans ces dignitez que ceux qu'il plaît au R. Pere , & de ſa dependance, deſquels on s'eſt auparavant aſſuré: le reſte ne paſſe que pour une céremonie de cette conſpiration: & on ne la diſpute point à ceux à qui il appartient de la faire , parce qu'elle ne donne aucun credit , & ne fait point de creatures , en comparaiſon de celle , qui fait , comme l'on parle dans le monde , la fortune de bien des gens. S'il ſe trouve en celà du rapport entre le R. Pere & le Grand Prêtre , ce rapport paroît bien éloigné.

Le troiſiéme emploi du Grand Pontife conſiſtoit à definir & determiner les controverſes de la Loï : & ſes deciſions étoient ſi abſolues, qu'elles devoient être receuës ſous peine de mort. (b) Nous n'avons point veu juſqu'icy que lors qu'il s'eſt élevé des controverſes de Religion, on ſe ſoit adreſſé au P. Conſeſſeur de Sa Majeſté, pour demander & attendre ſa deciſion ſur ces matiéres. On ſçait ſeulement que pluſieurs de ſes Confreres ayant avancé dans leurs Sermons ou dans leurs Livres une doctrine & des maximes corrompuës , fauſſes & erronées ; ce Reverend Pere y eſt entré pour les autoriſer , pour les appuyer , & pour les ſoutenir ; en ſorte que le parti de ceux qui ſe ſont

atta-

(b) *Deut.* 17. *v.* 12.

attachez simplement & chrétiennement aux
veritez les plus orthodoxes & les plus saintes,
a été traversé, persecuté, & reduit au silen-
ce : tandis que l'erreur & la calomnie sont
demeurez impunies, & en ont produit de nou-
velles presque chaque année. Dans tous les en-
droits de ce Roiaume & ailleurs on en voit
debiter & paroître une infinité dans les Livres,
dans les Sermons, & dans les Théses des Peres
Jesuites ; si on en fait du bruit, ou qu'elles
viennent jusqu'à la Cour, le R. Pere les publie
ou les authorise par son credit.

Il est vray que ses decisions ne sont pas exe-
cutées sous peine de mort, comme celles du
Grand Prêtre. Mais on n'éprouve que trop ce
que produisent les impressions desavantageuses
qu'il donne de ceux qui ne sont pas dans les
sentimens & dans les interêts de la Compagnie.
N'a-t-on pas vû degrader & dépoüiller de leurs
benefices des Prêtres qui les avoient reçûs &
possedez selon les regles, & qui en exerçoient
les fonctions avec édification ? N'a-t-on pas
vû les uns condamnez à l'exil, & aux prisons
perpetuelles; & d'autres contraints de prendre la
fuite & de se derober au monde ? N'a-t-on
pas vû des Theologiens d'une celebre Univer-
sité traverser la France en demandant leur
pain : De saints établissemens & des Con-
gregations entieres dissipées & absolument dé-
truites, ou dans une oppression qui ne finit
point ? Et de tout cela, il y en a presque autant

tant de Prêtres, qu'il y a de prisons obscures &
reculées dans le Roiaume, où l'on voit au haut
des vieilles tours , & au fond des cachots des
Prêtres mal traitez & enfermez , sans qu'on les
ait convaincus d'autre crime que de n'avoir pas
suivi ny approuvé les dogmes pernicieux des
RR. PP. ou d'en avoir fait voir l'erreur , &
l'impieté. Ce troisiéme rapport ne se peut justifier qu'en ce sens , mais qui selon Dieu n'est
gueres avantageux au R. Pere.

Le quatriéme employ du Grand Pontife étoit
d'être appliqué à Dieu, pour implorer ses lumiéres dans les affaires importantes & difficiles: (c)
& dedit illi in præceptis suis potestatem...... &
in lege sua dare lucem Israël. Le Pontife en
Médaille a-t-il été vû veiller, prier, tendre les
bras au Ciel jour & nuit, jeûner, s'affliger, pour
tant de maux qui affligent l'Eglise & l'Etat;
lui qui est accablé de soins & d'intrigues pour
faire reüssir tous les desseins & toutes les entre-
prises de sa Compagnie ; luy qu'on trouve à
la tête de toutes ses affaires bonnes ou mauvaises ; luy dont la dépense est reglée par jour sur
l'état de la Maison du Roy à soixante & dix
huit livres plus ou moins , suivant la difference des jours gras ou maigres , sans conter les
frais extraordinaires ; lui enfin dont toute la vie
est un état de trouble & d'agitation , suivant
tous les engagemens que ceux qui gouvernent
sa Compagnie , l'obligent de prendre souvent
même

(c) Eccli. 45. v. 21.

même aux depens de sa reputation, comme il arrive dans mille fausses demarches qu'ils lui font faire ? Que ce nouveau Pontife a-t-il fait pour le bien de sa Mere commune ? Qu'on examine où tendent toutes les vuës de sa Societé qu'il seconde si infatigablement. Tout se termine à son agrandissement, à la multiplication de ses établissemens, au progrez de son credit & de sa puissance, à mettre au dessous d'elle & à s'élever sans eux sur la tête de tous les autres. Ces bons Peres ont-ils jamais condamné ou abandonné leurs Théologiens & leurs Autheurs, quelque scandaleuse, quelque impie., quelque fausse , & même quelque heretique qu'ait été la doctrine qu'ils ont enseignée & soûtenuë ? Ont-ils jamais pardonné à ceux qui l'ont combatuë & refutée ? N'ont-ils pas toûjours tenu que quiconque n'est pas pour eux est contre eux , & que quiconque est contre eux, merite leur haine, leurs menaces,& les terribles effets de leur indignation ? On n'entre point dans le detail des faits pour justifier ce qu'on avance : outre qu'ils sont hors de mon dessein , ils sont publics & tout le monde les sçait.

Comment donc le R. Pere pourroit-il au milieu de ces intrigues, de ces mouvemens, & de ces soins, avoir rapport au Grand Prêtre, dont l'employ l'appliquoit incessamment à lever les bras au Ciel, & à prier Dieu pour Israël ? (d)   Si

(d) 1. paral. 6. v. 9. Eccli. 45. v. 20.

Si les rapports precedens sont tirés de l'ancien
Testament, & que le Nouveau Pontife pre-
tende que sa fonction n'exige pas des convenances si exactes; si, dis-je, il refuse de prendre les choses de si loin, & de se justifier par
de si anciens tîtres : peut-être trouvera-t-il bon
que nous cherchions sa ressemblance au Grand
Prêtre par rapport à la Loy nouvelle. En effet
c'est le tître qu'on pourroit donner aux Evêques : & si le Pere de la Chaize ne se fait pas
donner la Mître, & s'il n'est pas élevé à cette
dignité dans l'Eglise par l'obstacle qu'y mettent
ses Constitutions; il joüit presque du même
rang, il en reçoit presque tous les honneurs &
les avantages, par l'usurpation que la plûpart
des Prélats souffrent qu'il en fasse tant à la Cour,
que dans leurs Dioceses; tant ils sont devenus
esclaves de sa Compagnie. A la Cour, il n'y a
gueres de Grands Seigneurs qui ne rendent plus
de déference au Pere Confesseur qu'à tous les
Prélats. Ils le regardent comme capable de les
servir ou deservir auprés de Sa Majesté, non
seulement à l'égard des dignitez Ecclesiastiques, mais aussi pour les charges Seculieres.

Ne sçait-on pas quelle facilité trouvent dans
leurs affaires ceux qui sont entierement de-
vouez aux interêts de la Compagnie, & quel
secours c'est pour eux, que le Roi soit prevenu
favorablement pour un sujet, dont le Pere
Confesseur aura loüé les bonnes mœurs, la
vertu, le merite, & qu'on tâche par toutes

voïes d'avancer : afin que le fuccez de cette protection en quelques-uns, infpire des efperances aux autres, & retienne le plus grand nombre dans la dependance du R. Pere. Cependant il pourroit être permis de dire que ces amis des Peres Jefuites, ne font pas exemts de deffauts, & que fouvent il ne leur manque que celuy de ne leur pas déplaire.

Mais quand même on ne voudroit pas croire la protection du P. Confeffeur fi efficace ; du moins eft-il vray d'affeurer qu'un homme qui n'eft pas aimé des RR. PP. ne s'avance point dans les charges Ecclefiaftiques ; ou que s'il y parvient, il fent tôt ou tard le poids de leur colére : Tant il eft fûr que le credit du P. Confeffeur a directement ou indirectement fon effet dans le confeil de Confcience, & qu'il peut nuire du moins, s'il ne fert pas : comme l'un arrive bien plus fouvent que l'autre. C'eft ce qui lui attire cette Cour d'Ecclefiaftiques pretendans, qui fçavent que c'eft-là un des chemins qu'il faut prendre pour monter plus haut, ou pour obtenir quelque chofe, & que pour ne manquer à rien, il ne faut pas negliger un moien, qui devient un obftacle pour ceux qui n'y ont pas recours.

Ainfi quand le R. Pere ne feroit pas Pontife par onction & par caractére, il l'eft par une efpece d'equivalent, & par tous fes attributs utiles qui dependent de ce titre : fi bien qu'il y a un grand nombre de Diocefes, où les
plus

plus sages, les plus sçavans, les plus pieux , & les plus dignes Ecclesiastiques, n'auront jamais une mission suffisante pour exercer leurs fonctions, si le R. P. & sa Compagnie leur refusent leurs suffrages , ou témoignent seulement ne les pas connoître. En un mot où le P. Confesseur & ceux de sa Compagnie sont plus Evêques que ceux qui en ont le caractere & le titre : parce que la politique & l'adresse de ces Peres y ont introduit des gens , qui leur sont trop redevables pour ne pas suivre en tout leurs maximes & leur conduite. Il est donc vrai que le R. Pere est plus grand Pontife en certaines choses, que les Evêques de l'Eglise de France.

Mais peut-être que sans envisager les choses par cette face , il a fondé sa comparaison avec le Grand Prêtre sur une autre sorte de convenance. Il faut avouër que dans l'Eglise de Dieu & selon la sainte pratique de sa discipline , tout Prêtre & tout Confesseur a part jusqu'à un certain degré à la fonction du Grand Pontife, entant qu'il exerce le Sacerdoce dans son acte le plus sublime, qui est celui d'offrir le Sacrifice & de lier ou délier, ceux que le Sacrement de Penitence soumet à son Ministere.

Ainsi le P. Confesseur , humble & moderé, ne le prendra pas sur un ton plus haut, & il se contentera de sçavoir qu' il a l'honneur d'être Prêtre , & qu'en cette qualité pouvant offrir le Saint Sacrifice , & absoudre ou ne

pas

pas abſoudre ſes Penitens qui viennent à lui &
ſe proſternent à ſes genoux ; ce ſeul caractere
lui donne aſſez de droit & de relief, pour ne
ſe pas croire inferieur au Grand Prêtre de la Loi
ancienne. Sans donc rechercher plus curieu-
ſement de plus particuliers rapports avec ce
Grand Pontife, le R. Pere s'en tient à cette
onction de la Loy nouvelle : de crainte de re-
veiller l'orgueil qui n'eſt que trop naturel à
l'homme, & de ſoüiller par des vûës d'une
complaiſance charnelle un Miniſtere de pureté
& de Sainteté, qui ne peut élever devant
Dieu ceux qui l'exercent, qu'à proportion de
leur humilité.

A la bonne heure que le P. Confeſſeur ſoit
Pontife en ce ſens, nous y conſentons ; mais
qu'il prenne ſes Lettres du Crucifix. Nous
lui accordons en qualité de Prêtre qu'il ſoit
& qu'il ſe diſe Pontife, parce qu'il offre le
Sacrifice de la plus ſainte de toutes les victi-
mes, qui eſt l'Agneau que tous ſes Eſprits
Celeſtes adorent : qu'il ſoit Pontife, qu'il prie
pour tout le peuple Chrétien, & pour la Perſonne Sacrée de Sa Majeſté, auprés de la quelle
il a un ſi favorable accés : & qu'il s'en ſer-
ve pour aider ce grand Roi à devenir un grand
Saint & un veritable heritier de la Couronne
Spirituelle de Saint Loüis, comme il l'eſt de
ſon Sang, de ſon Nom, de ſon Roiaume, &
de ſa Couronne Temporelle.

Mais qu'il ne ſe perſuade pas que s'il eſt
Pon-

Pontife en ce ſens, ce ſoit un titre qui lui ſoit particulier. Qu'il reconnoiſſe au contraire que cette qualité lui eſt commune avec tout ce qu'il y a d'autres Prêtres dans l'Egliſe ; & qu'ils n'ont pas moins de droit que luy de s'attribuer le Symbole du Grand Prêtre. Qu'il renonce donc à la qualité de Pontife, ſi elle enfle ſon orgueil, ſi elle luy fait croire qu'il ſoit d'un rang plus haut que tous les autres Prêtres, ſi elle luy inſpire du mépris pour eux, & ſi elle luy donne la hardieſſe de dominer indirectement ſur le Clergé de France, par l'abus de ſon credit. Qu'il craigne le terrible poids qui eſt attaché à ſon emploi de Confeſſeur, & de Confeſſeur d'un Roy. Qu'il ſente le fardeau peſant de ſa fonction. Qu'il apprehende dans ce qu'il rapporte au Conſeil de Conſcience, de favoriſer ſoit l'ambition & la cupidité des Eccleſiaſtiques qui lui font la Cour, ſoit les paſſions & les ſecretes vengeances ou les deſirs intereſſez de ſa Compagnie. Qu'il agiſſe en vray Miniſtre de l'Autel & des Sacremens, ſans d'autre vûë que celle du bien de l'Egliſe : & pour lors, quand nous le verrons trembler, gemir & prier dans l'exercice de ſes ſaintes fonctions, nous le proclamerons grand & digne Prêtre, grand & digne Serviteur de Dieu, grand & digne Miniſtre de ſon Egliſe : quand, dis-je, dans le grand & formidable emploi de Confeſſeur des Rois, il recherchera plûtôt la diſtinction que

B

don-

donnent les vertus Chrétiennes , que celle qu'il pretend emprunter de la figure & de l'Encenſoir du Grand Prêtre des Juifs.

§. 2.

L'on examine les paroles du Grand Sacrificateur, empruntées & adoptées par le R. Pere Conſeſſeur.

Mihi Sancta patent : Le Sanctuaire m'eſt ouvert, dit le Grand Pontife de la Loi des Juifs. Ces paroles ſont juſtes, exactes & veritables dans la bouche de ce Grand Prêtre, & convenables à ſa perſonne. Il étoit choiſi pour celà ; à luy appartenoit cet honneur & cette prerogative : & c'étoit le privilege de ſa dignité. Il n'y avoit que luy qui pût entrer en la participation immediate de ce qui s'appelloit alors par excellence, *les choſes ſaintes.* Celà ſe juſtifie par les termes de la Loi, qui ont reglé l'exercice & les fonctions de ſa charge : & rien n'eſt plus exprés pour luy. Mais lorſque le R. Pere s'attribue la même choſe, & rend ſiennes, propres & individuelles les mêmes paroles, elles deviennent étrangement equivoques, ou plûtôt entierement fauſſes. Il faut toûjours preſuppoſer ce que nous avons établi dés le commencement que le R. Pere en qualité de Confeſſeur du Roi n'a aucun pouvoir ni droit de rien decider dans l'Egliſe ; qu'il n'eſt
point

point réellement élevé au deſſus des autres
Prêtres & des Evêques ; & que ſon unique
emploi ſe borne à exercer le Miniſtere de Confeſſeur. C'eſt donc ſous ce tître qu'il faut uni-
quement le conſiderer dans ce ſecond article,
& il faut examiner s'il luy donne droit de dire,
Mihi Sancta patent : les choſes Saintes me ſont
découvertes.

Mihi, à moi. Mais en vertu de quoi, &
comment les choſes ſaintes ſont-elles découvertes à un Confeſſeur du Roi ? Où en eſt
écrit le privilege ? D'où vient-il , & qui luy
en a fait don ? Eſt-il renfermé dans l'établiſ-
ſement de ſa dignité ? L'acquiert-il auſſi-tôt
qu'il a été nommé par le Roi ou preſenté par
ſa Compagnie pour remplir cette place ? Ou
faut-il quelque Ceremonie , quelque inaugu-
ration , quelque inveſtiture pour le luy rendre
propre ? Ce double canal de la nomination du
Roi & de la preſentation que la Compagnie
fait d'un de ſes Religieux à Sa Majeſté , fait-il
couler quelque qualité , quelque diſpoſition ,
quelque habitude d'ame ? Et ce concours de la
puiſſance qui choiſit & preſente le plus habile
de ſon corps , & de la puiſſance qui accepte &
qui nomme, éclaire-t-il l'eſprit, touche-t-il &
reforme-t-il le cœur ? Ces deux puiſſances, dis-
je, purifient-elles aſſez l'ame pour luy faire voir
à découvert les choſes ſaintes , pour l'inonder
des lumiéres celeſtes , pour luy donner une
pleine connoiſſance des choſes les plus ſacrées,

B 2 &

& les plus redoutables de la Religion ; dont la vûë seroit capable de faire mourir le reste des hommes. (d)

Mihi , à moi. Le R. Pere devient-il par là tout d'un coup clairvoiant & illuminé ?

Mihi, à moi. Est-ce à lui seul que la Religion se manifeste, & pour lui seul que le Sanctuaire de la Loi nouvelle s'ouvre: ce Sanctuaire dont la reve-lation & l'entrée est promise plûtôt aux hum-bles & aux petits , qu'aux grands , aux sages du siecle , & aux superbes ?

Mihi, à moi. Les autres Confesseurs des Rois & du Pape même en seront-ils exclus : ou pour-ront-ils aussi pretendre au même privilege & se l'attribuer ?

Mihi , à moi. Est-ce le Privilege de l'em-ploi ? Ou bien une prerogative attachée à la personne seule du R. Pere ?

Sancta , le Sanctuaire. Qu'entend-il par ce mot , & de quel Sanctuaire s'agit-il ? Ce ter-me doit-il s'entendre de toutes les choses saintes, de toutes les parties de la Religion, de ses My-steres qui seroient inconnus à tous autres , & reservez pour lui seul ? Celà ne peut être : & il semble qu'on l'a suffisamment prouvé qu'on ne le sçauroit entendre en ce sens. Si donc le R. Pere Confesseur ne peut pas soûtenir que ce soit à lui seul que les choses saintes , & les Mysteres soient découverts, & que son emploi ne lui puisse affecter cette revelation ; il faut

qu'il

(d) *Levit.* 16, 17. *Num.* 4. 20.

qu'il sousentende autre chose, & qu'il fasse
signifier peut-être à ce mot *Sancta* les choses
secrettes qui se disent en Confession: comme en
effet dans les Auteurs & dans l'usage commun
on donne souvent le nom de sacré & de saint
aux choses dont le secret est inviolable.

Sancta, les choses secretes & revelées en
Confession. Mais ce n'est là qu'un langage fi-
guré, dont on se sert pour faire valoir l'obli-
gation & la dignité du secret : & ce ne peut
jamais être le sens auquel cette parole est propre au Grand Prêtre.

Sancta, le secret de la Confession. Mais jamais Confesseur a-t-il dit des pechez de son
Penitent : Les choses saintes ou sacrées me sont
découvertes, *Mihi Sancta patent* ? On n'appelle point ainsi la matiere de la Confession. Bien
loin d'en donner cette idée, les Prêtres tâchent
d'inspirer de l'horreur des choses dont on vient
s'accuser devant eux. Ils n'ont point de termes, de traits, d'expressions assez fortes pour
en exciter l'aversion, & en donner une idée
terrible à leurs penitens. Ne conviendroit-il
donc pas mieux sur ce principe, de faire dire
aux Confesseurs par rapport à ce qui leur est
découvert par la Confession : *Mihi horrenda,
deflenda, expianda patent* : puisque l'Eglise
& Dieu appellent de cette sorte les mauvaises
actions & les pechez des hommes ? C'est pourquoi que le R. Pere reforme sa Médaille, &
mette *mihi expianda patent*, en se representant

B 3

dans

dans les larmes & dans la douleur , & portant les iniquitez du peuple de Dieu , comme il étoit commandé à Aaron : *Portabit iniquitates eorum, &c. Exod. 28. 38.*

Sancta. Les choses sacrées. Cette expression est donc icy équivoque , & ne se peut attribuer au Pere Confesseur , que dans le sens où elle ne peut convenir au Grand Prêtre qu'il prend pour son Symbole.

Patent , me sont découvertes. Mais comment pourra-t-on joindre ce dernier mot avec le precedent , si l'on se reduit à n'entendre par le mot , *Sancta ,* que les choses sacrées qui sont de la competence du R. Pere dans la Confession ? Est-ce à dire que toutes les fois qu'il le veut & comme il luy plaît , ce secret luy est découvert : ou qu'il n'y a que luy à qui le Penitent puisse ou ose s'en ouvrir ? Le Confesseur n'a connoissance de ces choses que par l'aveu du Penitent , qui a la liberté de choisir qui il luy plaît en certains cas & en certains tems.

Patent , me sont découvertes. Mais en quel tems , & quel est le langage d'un homme prosterné aux pieds du Ministre de ce Sacrement? Comment s'explique-t-on ? Dit-on autrement , sinon , je m'accuse d'un tel peché , j'ay fait , j'ay commis une telle faute , j'y suis tombé ? Et se trouve-t-il quelqu'un qui s'avise de dire à son Confesseur : je vous vas découvrir des choses saintes ou sacrées , des

Myste-

Myfteres de mon cœur , dont vous pourrez
vous glorifier devant les hommes par la décou-
verte que je vous en fais , & par l'entrée que
je vous donne dans mon Sanctuaire ? Enten-
dez des Myfteres , que vous pourrez comparer
à ceux qui étoient revelez au Grand Pontife
des Juifs dans le Saint des Saints. Aprés m'a-
voir oüy , vous manifesterez mes foibleffes ,
mes folies , la corruption de mon cœur,
tout le fujet de ma douleur & de mes larmes,
les juftes caufes de mes craintes, de mes al-
larmes , & de mes profonds ennuis ; faites-
vous de tout celà un fujet de vanité , de gloire,
de triomphe. Et afin que l'éclat que vous pre-
tendez en faire rejaillir fur vous & fur les vô-
tres , ne s'efface pas par la courte durée de
vôtre vie ; tâchez , ô mon Pere Spirituel,
Medecin de mon ame , digne Miniftre de
l'Eglife & de fes Sacremens, que cet éclat &
cette gloire paffe à toute la pofterité , par les
moiens que les plus fiers conquerans ont pû
trouver pour immortalizer leur nom & leurs
actions.

    Patent , me font découvertes. Quoy !
Aprés le détail de ce que le Penitent a dit , ce
que l'on croit que tout bon Chrétien fait avec
une douleur fincere & avec gemiffement , le
Confeffeur fe levant du Tribunal aprés l'avoir
abfous , auroit-il bonne grace de publier à
haute voix & de crier de toute fa force , pour
apprendre à tous les hommes que fa gloire eft

B 4

égale

égale à celle du Grand Prêtre des Juiſs : & que ce qu'il vient d'entendre luy a donné un entrée auſſi glorieuſe que l'étoit à ce Grand Pontife l'entrée du Sanctuaire : que par là il luy eſt comparable ? & qu'il a droit de prendre aprés celà pour Symbole, & l'Arche & le Grand Prêtre, & l'Encenſoir & le Voile, & tout ce qui compoſoit le Sanctuaire ? Enfin peut-on dire raiſonnablement que le R. Pere voulant faire connoître à toute la terre, & tranſmettre à nos deſcendans qu'il a été un homme rare & diſtingué, parce qu'il a conƒeſſé le Roi Trés-Chrétien Loüis le Grand, s'en eſt expliqué avec juſteſſe & jugement, en faiſant graver ſur le bronze ces paroles, *mihi sancta patent* : & en diſant, je viens d'abſoudre un Prince humilié devant Dieu & devant les hommes, contrit de ſes pechez, & penetré du ſentiment que toute ſa Grandeur ne doit pas l'exempter d'avoir de ſon neant devant la Majeſté Souveraine du Dieu qu'il adore : & je tire tant de gloire des choſes ſecretes, dont ce Prince s'eſt accuſé ſi humblement, que je me conſidere comme le Grand Prêtre, lorſqu'il entroit dans le Saint des Saints, & que je vas tâcher pour ſignifier tout celà, qu'on n'en perde jamais la memoire, tant qu'on lira ces paroles autour de la Médaille que j'ay fait frapper, *mihi sancta patent.*

Helas que les ſentimens du Penitent dementiroient bien les paroles du Confeſſeur, ſi nous

nous arretions icy un moment pour l'écouter,
lors qu'il emprunte d'un autre Roi penitent les
mouvemens que sa pieté lui fait concevoir.
Car de quelle maniere ce Roi Prophete par-
loit-il de ses pechez & de la Confession qu'il
en faisoit à Dieu. S'il n'avoit pas de Religieux qui l'entendît, & qui lui donnât l'ab-
solution, il n'en étoit pas moins severe envers
lui-même, & il ne se pardonnoit pas ses fautes.
Il les reconnoissoit, il les a écrites dans ses
Pseaumes, & il les appelle par leur nom,
nommant vanitez & illusions les choses qu'il
éprouvoit en luy-même, ou ce que les ennemis
de son bonheur lui pouvoient dire pour flatter
son orgueil, auquel il avoit resolu de renoncer.
*Quoniam lumbi mei impleti sunt illusionibus..Et
qui inquirebant mihi mala, locuti sunt vanitates.
Psal.* 37. Mais le R. P. n'en juge pas de même:
il les nomme autrement. Il se fait un honneur
& un titre de gloire d'être Confesseur : &
au lieu de partager les sentimens de douleur avec
son penitent, & de dire en vrai Ministre de
ce Sacrement : *Mihi pœnalia dolendaq̃ patent,*
il trouve plus beau ce sentiment d'illusion &
de vanité : *Mihi sancta patent.*

O illusion ! d'affoiblir ainsi l'idée qu'on doit
avoir des pechez des hommes par des termes
flatteurs, par des mots specieux, & des expressions superbes. Le Prophete Nathan eut-il
un semblable retour de complaisance sur lui-
même en s'acquittant de sa mission ? Il ne se
flatta point de la grandeur de son Ministere. Il

ne flatta point David : il ne se servit point de mots équivoques en parlant de ce qu'il sçavoit de ses pechez. Qu'on lise dans le 12. Chapitre du 2. Livre des Rois ce qui se passa en cette rencontre. Rien n'attire l'attention sur Nathan : le recit est simple, le fait seul est representé : & il ne viendra jamais dans l'esprit du Lecteur que ce Prophete ait jamais conçû la pensée de faire graver sur le bronze aucun trait capable de relever l'éclat de la fonction dont Dieu l'avoit chargé.

Que le R. Pere revienne donc à des sentimens plus modestes & plus conformes à un Religieux mendiant. Qu'il efface de sa Medaille & encore plus de son esprit, ces paroles qu'il ne devoit jamais s'attribuer en quelque sens qu'on les prenne, *Mihi sancta patent.* Quand elles ne signifieroient que l'importance du secret dont il est chargé, il ne faut pas même que ceux qui ont part au secret des Princes, semblent le sçavoir, On sçait que les Ministres d'Etat n'affectent rien tant que de paroître ignorer les choses qui leur sont le plus connûës. On lit dans l'Ecriture cette maxime en termes exprés : *Sacramentum Regis abscondere bonum est. Tob.* 12. 7. Aussi est-ce une chose juste & raisonnable. Les Souverains plus que personne du monde ont besoin de secret dans tout ce qui concerne leurs affaires : & il faudroit, s'il étoit possible, que ceux à qui ils le confient, fussent invisibles au reste des hom-

hommes, de crainte qu'on ne reconnoisse en eux quelques foiblesses par où on les croiroit capables de le violer. Il est encore plus important & plus necessaire que ce qui se passe avec le Confesseur soit caché : & sur tout qu'on ne croie pas ce Confesseur capable d'une vanité qui diminuë si fort l'opinion qu'on doit avoir de ses grandes qualitez. Nul particulier ne seroit bien-aise que quelqu'un se vantât de sçavoir tous ses secrets. Pourquoi donc le R. P. veut-il apprendre à toute la terre, & à tous les siecles qu'il sçait les plus secretes pensées, & les plus secretes actions de son Prince : c'est-à-dire, des choses que par respect il devroit se dissimuler à lui-même, ou ne s'en souvenir que pour s'en humilier, en gemir, & être plus détaché des choses vaines.

F I N.

ADDI-

ADDITION.

POur ce qui eſt des avantages qui reviennent au R. P. de la Chaize en qualité de Conſeſſeur du Roi, il eſt certain qu'aprés chaque Confeſſion, il reçoit une gratification de deux mille écus. Ce qui a fait dire à un homme d'eſprit, que les Jeſuites ſont trop intereſſez dans l'affaire de la frequente Communion, pour ne pas décrier toûjours le plus qu'ils pourront le Livre de Mr. Arnaud ſur ce ſujet. Il eſt certain deplus que ledit P. Conſeſſeur a de depenſe reglée tant qu'il eſt à la Cour 75. liv. par jour en gras, & 78. liv. par jour en maigre. Ce qui pourroit donner lieu au R. P. de la Chaize de tenir une trés-bonne table, ſi ſa modeſtie ne s'y oppoſoit.